Fragmentos de um diário encontrado

hors-série

edição brasileira© Ayllon 2020
tradução do romeno© Fernando Klabin
ilustração© Gabriel Neistein
título original *Fragmente dintr-un carnet găsit*, 1932
edição Suzana Salama
editor-assistente Paulo Henrique Pompermaier
capa Lucas Kröeff
ISBN 978-85-7715-620-7

Grafia atualizada segundo o Acordo Ortográfico da Língua Portuguesa de 1990, em vigor no Brasil desde 2009.

AYLLON EDITORA
R. Fradique Coutinho, 1139
05416–011 São Paulo SP Brasil
Telefone/Fax +55 11 3097 8304
ayllon@hedra.com.br

Foi feito o depósito legal.

Fragmentos de um diário encontrado

Mihail Sebastian

Fernando Klabin (*tradução*)

1ª edição

São Paulo 2020

Mihail Sebastian (1907–1945) foi dramaturgo, jornalista, ensaísta e romancista romeno. É afinado com o caráter rebelde das vanguardas artísticas europeias das décadas de 1920 e 1930, assim como os compatriotas Emil Cioran, Eugène Ionesco e Mircea Eliade. Por ser judeu, Sebastian não teve o reconhecimento de seus contemporâneos, e passou a ser excluído e execrado desse círculo. A publicação da obra de Sebastian traz de volta à atenção do público um autor importante no cenário literário romeno, injustamente excluído da posteridade tanto quanto o protagonista dessa narrativa.

Fragmentos de um diário encontrado (1932) é uma narrativa trazida a público através de um tradutor anônimo que encontra na ponte Mirabeau, em Paris, "um caderno de capa preta, lustrosa, de lona", com "leitura curiosa, passagens obscuras, anotações que pareceram estranhas ou absolutamente impróprias": traduzido, ainda segundo a nota, de forma desastrada. As aventuras relatadas pelo personagem-autor, também anônimo, apresentam ao leitor uma figura que se entrega aos labirintos da cidade em busca de algo tão perdido quanto indefinível. E através das passagens de seu diário pessoal encarna o olhar do errante sobre a cidade e suas relações.

Fernando Klabin nasceu em São Paulo e formou-se em Ciência Política pela Universidade de Bucareste, onde foi agraciado com a Ordem do Mérito Cultural da Romênia no grau de Oficial em 2016. Além de traduzir do romeno, exerce atividades ocasionais como fotógrafo, escritor, ator e artista plástico.

Luis S. Krausz é professor de Literatura Hebraica e Judaica da USP, ensaísta e tradutor. Publicou livros como *Entre exílio e redenção: aspectos da literatura de imigração judaico-oriental* (2019) e *Santuários heterodoxos: heresia e subjetividade na literatura judaica da Europa Central* (2017).

Gabriel Neistein Lowczyk cursa a Faculdade de Arquitetura e Urbanismo da USP e desenvolve trabalhos e experimentações nos campos das artes visuais e na música.

Sumário

Fragmentos de um diário encontrado

Numa noite de novembro (em circunstâncias que não cabe aqui revelar) achei, na ponte Mirabeau, em Paris, um caderno de capa preta, lustrosa, de lona, igual àqueles que costumam ser usados nas mercearias como livro-caixa. Continha exatamente 126 páginas de papel ofício recheadas por uma letra miúda, regular, sem rasuras. Leitura curiosa, por vezes cansativa, passagens obscuras, anotações que me pareceram estranhas ou mesmo absolutamente impróprias.

Fui atrás do proprietário daquele caderno. Fui atrás dele com perseverança bastante para que minha consciência permanecesse tranquila, mas por meios suficientemente vagos para que o caderno pudesse ficar comigo.

Publico aqui uma seleção de fragmentos dele. Caso algumas expressões soem desajeitadas, isso se deve inteiramente à minha tradução. O manuscrito é em francês.

Em alguns trechos nos quais a tradução me pareceu perfeitamente desastrada, adicionei entre parêntesis a expressão exata do texto. De qualquer modo mantenho à disposição dos interessados o original.

I

Enquanto narrava o acontecido a M. D., ele lançou a seguinte observação, a propósito:

— Bela experiência!

Só isso fora capaz de entender de tudo o que eu havia dito. Uma experiência. Tenho horror a esse termo. Serve bem para seus exercícios de psicologia aplicada. Não tenho como viver com uma folha destinada a observações na mão. Contornar a vida como um espectador, ajustá-la ali, escorá-la aqui, ajeitá-la. Entre um arbusto que cresce selvagem e um jardineiro com tesouras e ideias, minha simpatia de animal vai para o arbusto, por inteiro.

Em contraposição a esses arroubos de psicólogo só tenho a faculdade de esquecer. Mas a tenho por inteiro. Jamais me obcecou a lembrança de uma mulher possuída (aliás, minha vida decorre fora do cercado do amor). Jamais fui perseguido por uma palavra proferida, um sorriso ou um espasmo.

O que devo fazer com todas essas folhas mortas, que M. D. chama de experiências? Se, raras vezes, contrariando minha natureza introvertida, pude experimentar momentos de felicidade profunda, foi justamente por ter sabido vivê-los do jeito que vinham, sem procurar nada para além ou aquém deles.

M. D., que é médico, sofre de uma deformação profissional. Toma medidas preventivas contra a vida da mesma maneira como tomaria contra a febre tifóide. Reúne experiências na rua da mesma maneira como outrora reunia observações na clínica, enquanto escrevia para a tese de doutorado. Não. Essa brincadeira me tira do sério. Não quero prevenir coisa nenhuma e nem corrigir nada. Ao vento que sopra, ofereço-lhe meu rosto. Que me penetre como se eu fosse uma árvore na estepe, que me açoite à vontade e cesse quando bem entender! Melhor ainda se no final das contas eu ainda estiver de pé! Senão...

Ah! Experiências divertidas que penteamos, lustramos, simplificamos e finalmente colocamos na memória como numa vitrine! Quem sabe? Talvez ainda sejam úteis! Mas é claro que não! Dentre todas as avarezas essa é a que eu mais detesto: poupar migalhas de vida para mais tarde, para a velhice, para os momentos de tédio eventual. Não consigo fazer esse tipo de economia. Mordo uma maçã na medida da minha fome: uma vez saciado, jogo-a fora.

II

Acho que suportei com bastante estoicismo toda sorte de humilhações, de uma só porém fui poupado: a humilhação do fracasso. Fracassamos ao desviarmos do caminho que queremos seguir ou quando chegamos ao lugar onde parecia que tínhamos de chegar. Jamais me considerei fadado a qualquer tipo de caminho. Andei por onde o acaso me levou, cheguei aonde calhou chegar.

Não era em meus gestos visíveis que o essencial se produzia. Os outros — amigos, mulheres e adversários — acompanhavam minha vida baseando-se naquela moldura exterior, contentes por poderem ler nas cifras algo legível talvez só nos grãos.[1] E eu dava risada, sabendo da distância que havia entre mim e seus cálculos.

Com frequência pensei no destino de um cavalo puro-sangue que, levado pelos acasos da vida, viu-se obrigado a puxar as carroças da prefeitura, arreado lado a lado com os rocinantes miseráveis do estábulo. É uma imagem que não me entristece.

1. No meio rural romeno, é comum a arte divinatória baseada na leitura de grãos, em geral de milho.

III

Quando ela viu que eu não respondia e que sua partida me era indiferente, E. voltou da soleira da porta. Estava surpresa. Talvez também estivesse em jogo sua vaidade feminina. Mas estava, sobretudo, surpresa.

Como assim? Ela me abandona, diz claramente que não me ama, que jamais voltará a me ver, dando mesmo a entender que outra pessoa, outra pessoa "muito melhor" do que eu haveria de ocupar o meu lugar, — e eu não respondo, não protesto, não me ergo!

Pobre moça! Com toda a sabedoria que Deus lhe deu, tem a ingenuidade de achar que todas as coisas devem ter um sentido neste mundo! Pensava que eu ficaria destruído, porém me vê calmo à sua frente.

Se ela entendesse que todas essas histórias de amor só têm para mim a importância de um detalhe! Se soubesse que em nosso romance encerrado eu fora o tempo todo ausente, sozinho, alheio! Na minha vida o amor é uma ocupação secundária e por isso minhas derrotas nesse campo não têm qualquer consequência. Pouco importa a um maratonista campeão ser derrotado numa luta de boxe. Mas como poderia E. chegar a tal distinção (mesmo que eu explicasse nesses termos esportivos), ela que na roleta aposta no amor, e quando perde, perde tudo?

IV

Também passei por crises amorosas, mas embora já sejam velhas e minha memória possa me trair, acho que no fundo foi sempre outra coisa. Um certo desgosto por uma vida que pressentia tornar-se demasiado segura de si, inerte. Uma certa saudade de romper com toda uma situação que não era propriamente uma situação, mas apenas um acúmulo de acontecimentos pequenos que me imobilizavam por sua quantidade e mediocridade.

Então buscava o amor como quem busca uma janela. E me enganava redondamente. Até mesmo em 1922, em Lyon. Sim, até mesmo naquela ocasião.

Pois, na verdade — e confesso sem tristeza, mas também sem orgulho —, nenhuma dessas tais de crises amorosas era suficientemente forte para que não as pudesse liquidar nos bordéis da Monsieur-le-Prince. Depois, só ficava o resto.

V

Não acho que tenha alguma vocação especial para a miséria. Observo apenas que não me incomoda.

Longas noites de novembro, trajetos intermináveis debaixo de chuva por ruelas desgraçadas do outro lado de Austerlitz, na Bastilha, na Place du Tertre, para retornar tarde da noite às margens do Sena! A chuva me penetra como se eu fosse uma viga apodrecida, as luzes das vitrines parecem irreais, a campainha dos bondes surge ensurdecedora do alto da rua, detenho-me como um idiota diante das prateleiras das padarias, leio os saldos dos açougues, uma bisteca 2,50, um escalope 3,75, continuo andando por inércia, da mesma maneira como me detive, não desvio das poças, não peço perdão ao atingir um transeunte com o cotovelo, não evito os automóveis, não penso em nada. E a carícia recatada (no texto: *paisible*, N. T.) da chuva que escorre sobre as faces!

Como poderia explicar, se alguém me perguntasse e se eu tivesse vontade de responder, como diabos é que poderia explicar minha profunda tranquilidade nesses momentos? Pois estou longe de ser um vagabundo ou um resignado!

E nem mesmo acredito na pobreza como um estado de espírito (no texto: *état de grâce*, N. T.). O que aconteceu nas primeiras horas do dia primeiro de janeiro, lá em cima na Sacré-Cœur, foi o que me comprovou...

VI

Mais uma palavra que preciso suprimir do meu vocabulário: *explicação.* Esse vocábulo não tem nenhum sentido para mim.

Nunca tive crises da alma. Só tive temporadas. E se há explicações para as crises, para as temporadas não há.

Eu entrava na condição trágica assim como uma planta que deve hibernar. Tive meus invernos da alma e pronto! Não por isso berrei de desespero, nem mesmo esperei. O que poderia esperar? O que é que uma árvore espera em pleno mês de janeiro, toda desfolhada, com o tronco fendido e os galhos enegrecidos?

Minha única façanha nesta longa existência, única mesmo, foi compreender a tempo — embora minha vida seja um fato singular no desenrolar do mundo, um fato desprovido de algo que o preceda ou que o suceda — que meu ser faz parte dos grandes quadros da zoologia.

Crises e explicações se transformam em meras brincadeiras diante dessa verdade.

VII

M. D., médico e psicólogo, afirma que desprezo minha própria inteligência.

Não, não é verdade. Coloco-a no seu devido lugar: isso, sim. Sei que é hábil e afiada. Mas sei também que a vida (esta vida levada pelo vento, assediada, desassossegada, que detesto e que amo ao mesmo tempo) não necessariamente precisa dela.

Logrei realizar a façanha — e me admiro com o fato de que M. D., amante das experiências, não a tenha observado e elogiado — de não permitir que minha inteligência funcione em prol de si mesma. Utilizo-a apenas para minhas relações com o mundo exterior. É um gesto de boa educação. Mas ela, para mim, pessoalmente, pouco importa. O tamanho (no texto: *la grandeur*, N. T.) jamais foi realizado pela inteligência.

Guardo, para meu próprio divertimento, todas as noções que tornam a vida possível e conveniente. Justo ou injusto, bom ou mau, bonito ou feio, moral ou imoral, tudo isso é desprovido de sentido, de verdade, de profundidade. Não acredito em nenhuma dessas porcarias. Não conheço nenhum santo moral!

Moralidade e santidade se excluem. Se fosse minha profissão, iria procurar santos nas minas de trabalho forçado.[1] Ainda assim não conseguiria encontrar santos cujos suplícios o código penal não prevê.

De qualquer modo, sabendo o que eu sei, brinco neste mundo com a escala de valores que todos acessam. Digo que isso

---

1. Na Romênia do entreguerras, era comum que o trabalho executado nas minas de sal fosse realizado por detentos.

é ruim e aquilo é bom. Que isso é bonito e aquilo é feio. Admito e reprovo, comparo e chego a conclusões. E nem mesmo consigo morrer de rir.

Que volúpia seleta! Oh, esse M. D. que defende os direitos da inteligência contra mim! Quando terá tido ele semelhante alegria?

VIII

De uma carta enviada por E. (que está em Bordeaux já faz duas semanas):

"Não, você jamais saberá quanto eu te amei, pois vocês, homens, nunca sabem nada do que está acontecendo. Ninguém sabe nada do que está acontecendo."

De maneira que ela, a doce, suave e loira E., também acabou descobrindo a verdade. Verdade que consegue exprimir com uma melancolia que não vale um vintém, mas consegue.

"Ninguém sabe nada do que está acontecendo"? Graças a Deus! Senão seria pavoroso.

Se vivi minha vida do jeito que ela foi, boa, ruim, me afoguei em todas as suas humilhações, me submeti a todas as misérias que conheço e que não conheço, se concordei em carregar os farrapos desta triste existência, foi porque tinha certeza de que ninguém teria como saber. E, mesmo que soubesse, ninguém compreenderia que no final das contas vou ficar sozinho, mais sozinho do que uma estrela no céu, mais sozinho do que um boi na cocheira.

A tragédia de ser incompreendido? Não a conheço. Querem dizer o prazer, a paixão, o êxtase de ser incompreendido. Sentir-me único, entrincheirado dentro de mim, impenetrável, sozinho com as próprias superstições, os próprios símbolos, sinais, ídolos, saber que a vida que vivo não é vivida por mais ninguém neste mundo, que mais ninguém pode nem mesmo imaginá-la, levar comigo esse mistério do qual não podem me separar, nem que o revele aos berros em praça pública, nem que o grite no palco de um teatro, nem que o distribua impresso em cartazes... Meu Deus! Pergunto-me como posso ter merecido tanta felicidade!

Eu talvez também tenha tido momentos de efusão quando me sentia oprimido pela solidão. Quando quis dizer a alguém simples palavra que pudesse ser compreendida, busquei por vezes sinais de comunhão nos olhos do outro, nas suas palavras e nos seus silêncios. Mas não passaram de breves momentos de ingenuidade de que aliás não me arrependo, pois não me arrependo de nada, mas que não me levaram a lugar nenhum. Amigos e amantes permaneceram em algum lugar ao meu lado, presos a palavras que não disse, enganados por uma sombra que eu não era. No final fiz de tudo para evitar equívocos. Falei com sinceridade. Não escondi. Não trapaceei.

Não, não. Há dimensões (no texto: *grandeurs*, N. T.) que não se pode recusar nem abdicando. A minha solidão é uma delas.

IX

Troquei de pessoas como quem troca de chapéu, procurei sua amizade, conversei com elas, fiz com que falassem comigo e no fim abandonei-as no meio do caminho, pois não me interessavam mais, nada nelas correspondia à minha busca, eram todas iguais às anteriores e iguais às que vieram depois delas, puídas, previsíveis, monótonas.

Algumas eram inteligentes. Jovens, com detalhes pessoais curiosos, as mais diversas histórias. Depois de um tempo de duração variável, mas jamais demasiada, percebia como todos aqueles brilhos empalideciam. Eram qualidades mais ou menos grandiosas. Mas eu, que não sou psicólogo, não posso empregar "mais ou menos". Escapam-me os termos justos de comparação. O que é preciso, ou melhor, absolutamente necessário à expectativa que tenho de cada instante, é a feição única de um fato, de uma pessoa, de uma palavra. Não peço a ninguém que seja bom ou mau, bonito ou feio, canalha ou anjo. Peço-lhe apenas que seja algo que exista uma única vez.

Raramente tive a alegria de tais encontros, mas tive. (O escocês de Ploumanac'h...) Todos os outros não passaram de acréscimos ou subtrações de uma alma padrão. X é mais inteligente que Y, mas Y é mais sutil que Z, que, por sua vez, é mais espiritual que X.

Não, não e não. Tais variações me matam de tédio. De que adiantam nuances e definições e pontos de vista? Junte-se a mim deste lado, meu senhor, caso o senhor se componha de um material inédito surgido com o seu nascimento! Se não, dê o fora!

Busco nas coisas e nas pessoas seu som próprio. Só me interessa aquilo que tenham de irredutível. Irredutível! É a minha única maneira de sentir a eternidade.

X

Não foram numerosos os momentos em que conheci Deus de frente. Não sou místico, e raramente fui tomado por algum êxtase (no texto: *état de grâce*, expressão que reaparece várias vezes e em diversos trechos do caderno, N. T.).

Ademais, além de um agudo senso de pecado, pergunto-me o que é transcendental no meu sentir. Minha ideia de Deus é angulosa, fria por vezes. Mas o que me estremece diante dela é justamente a sensação de irredutível que procuro em vão em outras partes.

Ser um, único, único no absoluto, para além de qualquer relação, acima de qualquer relação, essencialmente único, irredutivelmente único.

Sempre que a vida me esmaga socorre-me essa sensação inabalável de Deus.

XI

Faz tempo que desisti da biblioteca. Às vezes ainda vou lá por necessidade, assim como se leva bolo para festa. Estou trabalhando. Não tenho mais paixões literárias, apenas prazeres, ou satisfações, ou tédios.

Mantenho, porém, dentre minhas antigas paixões, uma grande aversão: Descartes. Já disse, acho (pois é das minhas mais firmes verdades), que não sou uma pessoa moral, e caçoo de tais definições. Mas acredito em loucos e em heróis e em santos. Odeio esse tal de Descartes, pois não só não fazia parte daquela corporação, como também jamais teve, não, jamais pôde ter o calafrio de pressentir a santidade. Era um jardineiro.

XII

A moça que me interpelou em frente à praça Vaugirard não sei como era. Mal a vi quando passei do seu lado, atirando-lhe na cara a recusa:

— Não tenho dinheiro, senhorita.

(Engraçado é que ela talvez nem tenha acreditado em mim!) Mas era alta, e isso, apesar de tudo, fui capaz de perceber. Devia ser morena. Apertava com força, em torno do seu corpo delgado, uma espécie de trapo preto, uma vaga espécie de capa, e tremia tanto que tive a impressão de ouvir seus dentes batendo dentro da boca. Embora sua voz talvez não fosse muito diferente da dos mendigos em geral, ela me comoveu. Talvez por causa de sua juventude. Devia ter uns 20 anos. Acho que era bonita.

Sou um tonto, talvez, e ridículo também, pois eis que o ocorrido não sai da minha cabeça. Algo perturba o meu trabalho esta noite, e os livros à minha frente parecem uma piada de mau gosto. Decididamente, não sou um filósofo: essa moça consegue paralisar o mundo inteiro! Repito para mim mesmo que tudo não passa de um profundíssimo comprometimento, que tudo é miserável e mesquinho e abjeto uma vez que isso foi capaz de acontecer. Será que poderia acusar o universo de algo mais humilhante do que os olhos da moça de há pouco, que me pediu (provavelmente para que a ironia do acaso fosse ainda mais áspera) que lhe desse dinheiro? Se esta noite eu me encontrasse no dia do Juízo Final e fosse a minha vez de me pronunciar, acho que mandaria ao diabo todas as minhas teorias filosóficas e contaria o que vi quinze minutos atrás. Seria suficiente, mais do que suficiente para que a terra fosse amaldiçoada.

XIII

Juízo Final? Acredito sinceramente nele, desesperadamente. É a desculpa de todas as minhas desistências de hoje, é a força da minha paciência de sempre.

Aceito os acasos do jeito que vêm, acredito nas pessoas da maneira que se apresentam, cumpro meu trabalho do modo que calha. Cada dia morde um pedaço do meu ideal de grandeza (no texto: *grandeur*, N. T.). Jamais fiz nada sem defeito, sem rasura, sem caráter provisório. Sim, declaro tudo isso sem vergonha nem humildade, mas com a dor aferente a tamanha confissão. Hoje desisti de uma ninharia, amanhã terei desistido de outra ninharia, consciente do pecado da imperfeição, convencido de que cada uma dessas mutilações, por menores que sejam, desorganizam por completo a existência. De maneira que me distancio sem parar da estrela em que acredito.

Deus sabe que não me submeti ao suplício de maneira leviana, que em cada uma dessas pequenas "adaptações à vida" paguei muito caro, que de cada uma das derrotas me desviei bem, embora na direção delas um caminho mais fácil me conduzisse. Mas, sempre que capitulei, impuseram-me a trégua e minha rendição foi condicionada. Sabia estar assinando um papel sem valor. Sabia que a batalha seria um dia retomada, que todos os redutos perdidos numa guerra limitada haveriam de ser um dia reconquistados, num só assalto, num só instante.

Aguardo esse chamado com a sensação de que todo o resto é diminuto, secundário. Nada tenho do caráter de um procurador, não sou vingativo, não acredito na justiça, mas não posso desistir desta vida por um vintém em troca. Em algum lugar tenho que imprimir o peso da minha passagem pela terra. Juízo Final, tenho tempo o bastante para aguardá-lo.

XIV

Esse sol violento, esse litoral lamacento de Fécamp, praia que se estende monótona por quilômetros sem fim, ar com cheiro de grama molhada — de que espécie de consciência perdida, própria de um animal, brota o contentamento de reencontrar tudo isso?

Entre Montigny e Vinmes, nosso caminho foi interrompido por cinco minutos até que um plátano, cortado, caísse. Haviam-no serrado desde a raiz e agora esperavam que se rompesse sozinho, sob seu próprio peso, das últimas fibras que ainda o mantinham ereto. Operários, motoristas e pedestres se distanciaram respeitosamente, formando um espaço vazio ao seu redor, num raio de cinquenta metros.

Caiu bonito, devagar, descrevendo um arco de estrela cadente, até se chocar maciço contra o chão, fazendo reverberar longe um barulho, de início surdo e, depois, amplo, vibrando entre os horizontes como se dentro de uma concha.

Naquela queda havia algo de supremo e glorioso, que invejei, sabendo que jamais seria capaz de me separar de coisa alguma com a mesma concórdia do tronco de plátano, estendido de viés em cima da estrada.

Precisava entender que aquilo também é uma espécie de morte, certamente a mais bela e inacessível a nós, que morremos sem dignidade, contra a nossa vontade.

Em Dieppe, num bar do porto, com marinheiros e mulheres perdidas, vi passada meia-noite uma mesa nos fundos com um casal estranho. Ele bêbado, sujo, falante, conversando com os vizinhos de mesa; ela morena, pálida, muito elegante, observava-o quietinha, sem contradizê-lo em nada e esperando não sei o quê. Vez ou outra, o homem a deixava e ia dançar com as mulheres do boteco. Ao retornar, batia generosamente nos seus ombros e ela dava um sorriso triste, não resignada, mas feliz, de uma cálida felicidade interior.

Que mistério escondia o fato de estarem juntos? Que drama ou que imaginação pulsava entre eles, unindo-os?

Não sei, e alegro-me por não saber. Há algo de majestoso no silêncio e na ausência das pessoas. Por isso prefiro um símbolo a uma explicação.

Passar com a velocidade de um automóvel em frente a uma janela que se abre, deixar para trás uma mulher que havia parado justamente para nos observar, percorrer ao anoitecer a rua vazia de uma vila, na qual atrás de persianas fechadas ardem luzes mortiças, flagrar vozes e levar conosco um nome gritado na soleira de uma porta...

Nada me dá com maior acerto a sensação da minha solidão, da inutilidade de toda experiência, da minha desimportância pessoal, eu que me vejo reduzido a conhecer a mim mesmo e mais alguns enquanto a terra é habitada por um bilhão e meio de pessoas, mais alguns milhares de bilhões de outros animais e plantas.

Prometo pensar, num dia vindouro de tristeza, na rotação dos astros. De todo modo, prometo pensar naquele senhor de fraque e cartola que contava na praça Saint-Maclou, em Rouen, as barras da grade em frente à igreja.

Duas horas em Havre, de madrugada no porto, debaixo de uma garoa rápida, ampla, de cabeça descoberta, de casaco aberto, os olhos fitando ao largo as ondas que iluminavam bruscas não sei como e se apagavam.

Um dia vou conhecer a insensibilidade das pedras e das correntes do porto, cujo sossego sinto que tem certo parentesco comigo.

Na catedral de Gisors, onde entramos para contemplar vitrais do século XVII às quatro da tarde, hora desprovida de mistério, sem significado, encontrei uma jovem senhora ajoelhada debaixo da cúpula. Estava vestida com roupa de primavera, parecia muito bonita e não ergueu a cabeça enquanto passei ao seu lado.

No guia, encontrei essas duas linhas:

Gisors. 2650 habitantes. Localidade rural. Vinhedos e indústria animal.

Gosto da indiferença da informação, de seus termos frios, impessoais e abstratos. Nenhum guia no mundo jamais registrará a existência daquela mulher dentro da catedral.

~

Entre Havre e Rouen, D. L. desceu do automóvel, carregou o revólver e matou um galo a tiros.

— Estou com fome, disse-nos.

Penso com prazer que, em algum lugar, existe um proprietário que foi lesado e que, em algum outro lugar, um texto de lei que foi violado só porque D. L. estava com fome.

Nem tudo está perdido enquanto ainda formos capazes de um gesto natural.

~

Coelho ou esquilo, não sei que animal cruzou o meu caminho de madrugada na estrada secundária rumo a Bolbec, junto a uma ponte onde havíamos parado para trocar uma roda.

Chovera e pairava um cheiro de planta esmagada. Vi apenas os seus olhos, cintilantes, precisos, que nada indagavam. Fitamo-nos um ao outro, de animal para animal, e me alegrei por ser naquele momento igual a ele, na minha consciência e na dele.

XV

Despertar no alvorecer do dia, depois de uma assim chamada "noite de amor"! Uma mulher ao meu lado — desconhecida —, os lençóis desgrenhados, o braço pendendo na barra da cama, feita de um latão gelado...

Não conheço e jamais conheci a volúpia do cansaço, a pachorra dos membros à espera do sono, a camaradagem entre dois corpos saciados, mas apenas um gosto violento por terminar, uma repulsa obstinada pela mulher ao lado, inútil, trivial, uma necessidade imediata de estar sozinho.

Fico então na espera, com olhar impassível, de capturar a primeira sombra azul do sol na janela, a primeira luz do dia que venha colocar ordem nessa perdição.

Um dos sinais indiscutíveis de sua má qualidade anímica é o fato de que nenhuma das minhas mulheres sentiu, àquele momento, que não existia mais, aferrando-se, com alegria inconsciente, ao peito de um homem que deixava de ser um amante para se tornar um fugitivo.

Pus-me a refletir de novo sobre a dignidade das árvores, que se amam sem efusão, num abraço que consome tudo e não deixa rastro.

XVI

Não tenho respeito nenhum por paixões que não incluam um quê de hostilidade. É o seu princípio viril, lúcido e permanente. É o único capaz de existir apesar de qualquer visão pessimista, imparcial e nua sobre a vida e as pessoas.

Talvez devido a um defeito da imaginação, ou talvez a um sentimento bíblico primário, diante de toda mulher amada me vejo como se diante de um animal de outra espécie. Jamais fiz com elas, nem mesmo a título de diversão, tentativas de compreensão mútua.

Apenas O., a morena baixinha e decidida de Talloires, em 1926, encarou a situação com lealdade e resignação. Não mexia nos meus papéis, não fazia perguntas, não tentava entender. Durante o dia, ela se transformava em algo que existia independente de mim: admirava-a, espichada nua no terraço, com um sorriso mal desenhado. Ficava lá como um lagarto, com suas alegrias, suas preocupações, seu horizonte de fenômeno natural e distinto.

Era à noite que descobríamos um ao outro, com a faísca de fascínio necessária a toda alegria e uma sensação precisa de que aquilo que ocorria entre nós dois envolvia no máximo as leis gerais, e de modo algum a nossa pessoa.

Seria grande desilusão constatar, em algum momento, que minha amiga o. se tornara uma verdadeira amante. Que decadência!

XVII

Por vezes digo para mim mesmo diante da multiplicação dos sinais visíveis da minha decadência (botas furadas, aluguel atrasado...) que ainda dá tempo para acordar, retomar as rédeas dessa existência e pôr finalmente ordem em mim como num armário cheio de livros. A consciência dos meus ancestrais, camponeses normandos, que lutaram com a terra e acumularam fortunas sedimentares, pela alegria e teimosia de acumular, renasce então em mim.

Mas talvez tenha existido entre eles algum marinheiro que viajou anos a fio por oceanos hostis e amistosos, indiferente à passagem do tempo e esperando, com um coração apático no peito, grandes tempestades e grandes calmarias.

Não, não há nada a fazer contra as minhas aptidões de vegetal, e essa é a única coisa da qual me orgulho, eu, que não me orgulho de nada!

XVIII

E se ao menos pudesse me desvencilhar dessa sensação de que tudo acontece com meu consentimento, com minha participação inconsciente, essa sensação de uma responsabilidade perpétua.

Não consigo me dessolidarizar de nada, tenho a impressão de que seria justo ser punido pela chuva que cai lá fora, pela transformação da noite em dia e do dia em noite, pelo correr do Sena. Acontece de dizer, à noite, da minha mansarda na Porte de Versailles, quando abro a janela que dá para esta cidade, de onde vem o ruído surdo do metrô e a melodia desengonçada de um acordeão, acontece de dizer que,

através da minha mera presença passiva
no mundo, colaboro com isso tudo.

XIX

Se os caminhos externos não me estivessem todos interditados, será que encontraria com tanta facilidade os caminhos internos?

Não é acaso que eu seja daqueles que ficam na fila do guichê que fecha justo no momento em que me vejo diante dele. Não é acaso eu ter perdido várias vezes o ônibus passando na esquina da rua, a alegria passando na esquina do destino. Sempre tem alguma coisa — um atraso, uma carta extraviada, uma gola rasgada — que atrapalha os cálculos mais simples.

Azar, claro! Mas, sobretudo, uma enorme preguiça e um sentido agudo de inutilidade.

Como não fujo de nada, não tenho o que temer. O que a vida poderia inventar contra mim, que ultrapassasse minhas expectativas e indiferença?

Para cada porta fechada no mundo exterior, outra simplesmente se abriu no meu interior. E recebi essa troca tranquilamente, sem pesar, com uma imensa indiferença e com um quê de satisfação de ter passado a perna na desgraça (no texto: *la joie d'avoir roulé le malheur*, N. T.), transformando-a em algo generoso, afável e íntimo.

Era a alegria de perder, de simplesmente perder, sem olhar para trás, sem lembrar, sem me considerar frustrado, perder dias e expectativas, assim como a árvore perde os frutos.

XX

Noite na Île Saint-Louis, na casa de T., que voltou da Argentina depois de um ano de ausência.

Uma lareira decorativa, janelas dando para o Sena — mais azul naquela noite fria de abril do que durante um crepúsculo de verão — cigarros e vinho, um vinho denso que cintilava na escuridão com brilhos de pedra preciosa.

Conversamos sobre livros, mulheres e países. T., que em meio à sua riqueza mantém um certo espírito aventureiro que o protege da vaidade, contou, com detalhes exatos e verídicos, uma história fabulosa que lhe aconteceu. Esse cara tem estilo e não sei que espécie de sólido instinto o ajuda a atravessar as mais difíceis pontes que possam unir dois indivíduos tão diferentes. Mostrou-me gravuras, mapas raros, fotografias de viagem.

Uma noite suntuosa, de luxo e entorpecimento.

Quando nos despedimos na Pont-Neuf, passou-me pela cabeça inventariar meu patrimônio. Pela ironia objetiva da situação.

Ei-lo: 6 francos, 85 centavos, 12 passagens de ônibus.

~

Reflexão feita por T. ontem no restaurante para onde me levara após longo passeio juntos pela Place du Tertre, que ele não conhecia muito bem.

— Decididamente preciso mudar de regime: estou subnutrido! Faz dois anos que me alimento apenas de caviar fresco, trutas e mariscos. Sinto fome continuamente.

Dei risada, eu que também estou "subnutrido" (embora esse termo técnico não se adéque à minha fome) e não me atrevi a lhe dizer por que dou risada. Ele insistiu.

— Porque isso me faz pensar na relatividade das condições humanas, respondi (no texto: *je pense à la relativité des conditions humaines*, N. T.).

Acho que o que nos faz viver, a T., a mim e a todas as pessoas, é nossa falta de imaginação. Se comunicássemos uns com os outros de maneira efetiva e profunda, conhecêssemos o calvário de cada pessoa com que cruzamos, cumprimentamos e que nos oferece amizade, nossa vida se tornaria por pudor impossível.

Mas nos chocamos com as palavras e, sem saber o que se esconde por detrás delas, continuamos avançando alegres e inconscientes.

Li no jornal que em algum lugar da Califórnia morreram 82 pessoas num incêndio. Isso não modifica em nada a minha agenda diária de compromissos, nenhuma visita, nenhum pensamento, nenhuma leitura. Somos felizmente impenetráveis e isso é a única coisa que nos desculpa.

Observo que me falta o sentimento de inveja pelas pessoas, embora em mim habite um preguiçoso capaz de amar sedas, tapetes e viagens, menos por eles em si e mais pelo seu elemento decorativo. Mas nada cobiço de ninguém e não me lembro de ter tido qualquer crise de revolta social.

Adoraria concorrer com plantas e animais, porém de maneira alguma com ricos e pobres.

Uma imagem, contudo, me desnorteia: meia-noite, Place de l'Opéra, mulheres saindo do teatro, envergando vestidos brancos, compridos, de braços nus, de colo fosco, a passos curtos e rápidos, perdendo-se dolentes para dentro da porta de um carro à espera. Parece-me absurdo e ao mesmo tempo admirável o fato de haver entre mim e elas uma distância definitiva, eternamente impossível.

~

Depois de me relatar a história da loira, realmente miraculosa, T. pediu que falasse de mim.

Desviei cuidadosamente dos últimos meses e nada encontrei, não que não fosse digno de contar, mas nada que fosse nem ao menos medíocre e banal.

Conclusão que, apesar de tudo, não me entristece e sobretudo não me rouba a certeza de que, em meio a esse monótono desenrolar de fatos neutros, eu siga sendo um aventureiro.

XXI

Oh! Entardeceres do pátio do hospital Herold, adorável como uma casa de campo, com seus portões abertos, alamedas simétricas, árvores de troncos caiados até a metade, bancos verdes, ritmados! As crianças doentes se erguiam nas camas, pálidas em suas camisas de noite, e se aglomeravam nas janelas para nos gritar boa noite. As enfermeiras, de roupão, atravessavam o pátio, de um pavilhão para outro, para levar um relatório médico, chamar um plantonista, pedir um remédio.

Passávamos por entre janelas e árvores conversando sobre ideias e problemas, vizinhos daquelas coisas que evocavam uma morte recatada, familiar e desprovida de mistério.

Foi o primeiro encontro com a morte, encontro que me deixou com imagem harmoniosa dela, morte protetora, morte que olhava para nossa inquietude e agitação com certa ironia, mas que era, no fundo, camarada e amiga.

Esta noite, por exemplo, quando me sinto cansado da solidão e essa brincadeira de cair e levantar que constitui todos os nossos dias começa a me afligir de maneira exagerada, penso naquela morte pressentida nas alamedas do adorável hospital como numa amante generosa, de braços roliços e dedos delgados descendo suavemente por esta testa pesada.

XXII

Não são os desenlaces que me assustam, mas a tentativa de os evitar. Sempre que senti que algo estava para acabar — um amor, uma situação, um pacto íntimo comigo mesmo ou com os outros —, pegava o meu chapéu e ia embora. A vida tem reservas suficientes para não tropeçarmos em restos ou arrependimentos. Sinto-me incapaz de reparar um gesto ou uma palavra, de modificar algo que já foi, de retomá-lo do início e repeti-lo com atenção redobrada, para que possa durar hoje aquilo que quebrou ontem.

"Você é mau?", pergunta E., baseando-se em suas pobres nostalgias contrariadas. Não sou capaz de responder nem mesmo com o pouco que lhe bastaria, uma palavra nebulosa de protesto.

Não. Não sou mau. (Ou não sou só mau.) Mas não consigo remendar algo, não importa o quê, um objeto ou um sentimento, a partir do momento em que sua integridade tenha sido minimamente violada. Uma mancha, uma sombra, uma opinião basta para um ponto final.

Sempre que tentaram me explicar aquilo a que chamamos "erro" (no texto: *un malentendu*, N. T.), tiveram razão sobre mim. Jamais tive a intenção de retrucar e nem tinha como. Os argumentos me desarmam: todos são bons e todos saem pela culatra. Afinal, que razão pode se opor a uma pessoa que, como eu, não procura justificativas, mas apenas significados, sua lei sendo não a de entender, mas a de acreditar?

Tudo pode ser simulado: inteligência, boa fé, virtude, cinismo, até a verdade. Mas as coisas são puras ou impuras. E isso não se simula nem se remenda.

XXIII

Se há algo que aprecie no espetáculo da minha própria existência é uma certa inclinação que julgo especial em reconhecer e aceitar um milagre. Nada excluo das possibilidades da vida, absolutamente nada, e aguardo o dia em que o milagre, um milagre, se cumpra. Então ficarei feliz em não me admirar e em me aproximar dele com descontração, como se me aproximasse de algo comum e rotineiro.

Às vezes acabo levando a certeza de que algo arrojado deva acontecer, até as raias do absurdo, ao ponto de condicionar uma ninharia, uma promessa, um encontro amoroso, à não realização do meu milagre.

Tudo o que faço, tudo o que digo, tudo o que projeto é prescindível levando-se em consideração essa espera.

XXIV

Hoje também passei pelo Louvre, sala 27, diante da mesma tela de Memling em que identifiquei já há algum tempo um bom exemplo de tudo o que é contrário à minha sensibilidade.

Não tenho o que dizer dessa *ascensão* de estilo flamengo a não ser que é demasiado explícita. Tudo está dito, nada está omitido. Eis o globo terrestre, o santo que levita acima dele, as duas pegadas inscritas na lama! O milagre se relaciona estreitamente às mãos e aos pés, para poder ser compreendido num só relance e apalpado para sua confirmação.

Aqui aprendo mais uma vez aquilo que aprendi já tantas vezes em outras circunstâncias da vida: uma emoção e um sinal resistem a tudo, desentendimentos brutais, violações veementes, contradições, contestações e suspeitas, mas não suportam ser demonstrados.

Posso me submeter ou me revoltar. Mas de modo algum discutir.

Entre o espetáculo do mundo e mim há uma mecha de escuridão e outra de luz, que preservo intacta, sem aquele sentimento menor a que chamam curiosidade. Para a vida, isso é suficiente.

Posfácio
O olhar do errante sobre a cidade

LUIS S. KRAUSZ

É em torno da figura de alguém que se entrega aos labirintos de circulação urbana em busca de algo tão perdido quanto indefinível que se constitui a narrativa de *Fragmentos de um diário encontrado*. Obra de 1932, ambientada em Paris, do escritor romeno Mihail Sebastian (1907–1945), emoldurada por uma *mise en abîme* — um breve prólogo em que o narrador afirma tratar-se de excertos de um "caderno de capa preta, lustrosa, de lona, igual àqueles que costumam ser usados, nas mercearias, como livro-caixa", que teria encontrado na ponte Mirabeau.

Através das passagens desse diário o autor anônimo encarna, de maneira exemplar, o olhar do errante sobre a cidade e seus habitantes: percorre os bairros parisienses e, em desprezo pelas convenções, busca uma grandeza e uma suposta genialidade perdidas. Afirma desprezar a moralidade e buscar a santidade, isto é, uma epifania, no sentido *nietzschiano* do termo, experimentando a "vida nua", metaforizada pela imagem do marinheiro que segue à deriva pelo rio da existência.

O texto, assim, é de um dionisíaco para quem, "entre um arbusto que cresce selvagem e um jardineiro com tesouras e ideias, minha simpatia de animal vai para o arbusto, por inteiro." "Não quero prevenir coisa nenhuma e não quero corrigir nada", escreve ele, igualmente. Ou: "o vento que sopra, eu lhe ofereço meu rosto. Que me penetre como se eu fosse uma árvore na estepe, que me açoite à vontade e cesse quando bem entender!"

Nada revolta este autor mais do que o pensamento cartesiano, o sonho da razão que acaba por produzir monstros: "odeio esse tal de Descartes, pois ele (...) jamais teve, não, jamais pôde ter o calafrio de pressentir a santidade. Era um jardineiro." A santidade de que se fala aqui nada tem a ver com aquela proposta pela metafísica cristã ou pela moralidade burguesa: é a concebida pelo shivaísmo e pelo dionisismo, que busca a instauração do novo, numa espécie de sensualismo da contracultura *avant la lettre*, que almeja a intensidade e a efemeridade da existência livre.

O destino do diário, apenas casualmente encontrado pelo narrador, que se apresenta como uma espécie de "catador de trapos", representa, implicitamente, o malogro dessa odisseia anônima e sua derrota ante o caráter implacável da maquinaria do mundo. Mas é justamente em sua renúncia a qualquer tipo de transcendência, de futuro, de heroísmo ou de projeto, que se encontra o cerne das intenções do autor do diário: o desmembramento e o despedaçamento são aspectos intrínsecos e inseparáveis do dionisismo, assim como a aceitação da transitoriedade e a aversão a tudo o que almeja à perenidade.

O texto torna-se, assim, um grito pela vida em si mesma, afinado com o caráter rebelde das vanguardas artísticas europeias das décadas de 1920 e 1930, que influenciaram Sebastian tanto quanto outros literatos romenos de seu tempo, tais como Cioran, Eugène Ionesco e Eliade, ao lado dos quais ele participou do movimento estético *Criterion.* Este, porém, não tardou a sofrer a influência da filosofia de Nae Ionescu, uma mistura de nacionalismo, existencialismo e misticismo cristão, assim como da Guarda de Ferro, organização paramilitar fascista e ferrenhamente antissemita. Como era judeu, Sebastian passou a ser excluído e execrado.

A publicação da obra de Sebastian traz de volta à atenção do público um autor importante no cenário literário romeno, injustamente excluído da posteridade tanto quanto o elusivo protagonista dessa narrativa.

Ayllon

1. א *Vilna: cidade dos outros*
   Laimonas Briedis
2. ב *Acontecimentos na irrealidade imediata*
   Max Blecher
3. ג *Yitzhak Rabin: uma biografia*
   Itamar Rabinovich
4. ד *Israel e Palestina: um ativista em busca da paz*
   Gershon Baskin

Hors-série

1. *Cabalat shabat: poemas rituais*
   Fabiana Gampel Grinberg
2. *Fragmentos de um diário encontrado*
   Mihail Sebastian

Traducerea a fost realizată în cadrul Programului Reziden□ele filit *pentru traducători 2019, la Brăila.*

A tradução foi realizada no contexto do Programa de Residências filit *para Tradutores 2019, em Brăila.*

Adverte-se aos curiosos que se imprimiu este livro em nossas oficinas, em 4 de novembro de 2021, em tipologia Libertine, com diversos sofwares livres, entre eles, LuaLaTeX, git & ruby.
(v. 7fa6b74)